D0534960

Discarded by
Santa Maria Library

BRANCH COPY

El romance de Don Gato

y otros cuentos populares de América Latina

relatado por
Lucía M. González

ilustrado por
Lulu Delacre

SCHOLASTIC INC.
New York Toronto London Auckland Sydney
Mexico City New Delhi Hong Kong

Originally published in English as *Señor Cat's Romance*.

ISBN 0-590-48538-5

Published by Scholastic Inc.

12 11 10 9 8 7 6 5 4 3 2 1 2 3 4/0

Printed in the U.S.A. 08

First Scholastic Spanish printing, September 1999

El libro fue diseñado por Marijka Kostiw.
Las ilustraciones de Lulu Delacre fueron realizadas con acuarela y aguazo.
Especial agradecimiento a Teresa Mlawer por su colaboración en la revisión del manuscrito.

Para mis niños,
Annie, José Antonio
y Mayarí
A la memoria de
mi hermana Malena
— L.M.G.
Para Lucas,
mi ahijado
y sobrino
— L.D.

Índice

Introducción

Muchos de los cuentos de esta colección me los contaba mi tía-abuela Nena cuando yo era niña en Cuba. Ahora vivo en Estados Unidos y tengo amigos de todas partes de América. A veces, cuando hablamos sobre los recuerdos de nuestra infancia, nos da gran placer descubrir que conocemos muchos de los mismos juegos, que hemos cantado muchas de las mismas rondas y que hemos escuchado muchos de los mismos cuentos, a pesar de que hemos crecido en lugares tan diferentes y distantes.

Estos son cuentos populares que han traspasado las fronteras que separan a nuestros países para convertirse en cuentos favoritos de los niños a través de América Latina. Algunos de estos cuentos llegaron con los españoles y otros colonizadores europeos. Otros llegaron a bordo de las naves que transportaban esclavos procedentes de África. Y así se mezclaron con las milenarias culturas indígenas de América.

Después de innumerables narraciones, estos cuentos se fueron adaptando al medio geográfico y cultural de cada país para formar parte del rico folklore infantil de América Latina.

Para seleccionar los cuentos aquí recopilados, leí muchas colecciones publicadas tanto en inglés como en español y hablé con personas de diferentes países de América Latina. Seleccioné los cuentos más conocidos y elegí la versión más popular.

Los temas que predominan en estos cuentos son temas universales de la niñez. Los personajes aprenden sobre la importancia de compartir, aprenden a vencer el dolor, a valorar el ingenio y la inteligencia. Estos cuentos tradicionales, favoritos de siempre, han de traspasar las fronteras de las naciones para enriquecer a todos nuestros niños, ahora y siempre.

Medio-Pollito

Había una vez un pollito llamado Medio-Pollito que vivía en una finca cerca de un molino. Tenía una sola alita y una sola patica y, aun así, se desenvolvía muy bien.

Los otros animales del corral sentían tanta lástima por él que siempre lo complacían en todo y le dejaban hacer lo que quería. Por esta razón, Medio-Pollito se había convertido en un pollito consentido y exigente. Era más desobediente y vanidoso que dos pollos juntos.

Un día le dijo a su mamá:

—Mamá, estoy aburrido de vivir siempre en este corral. Me voy a Madrid a ver al Rey. Estoy seguro de que querrá conocerme.

Y se fue:

Tipi-tap-tipi-tap-tipi-tap

dando saltos sobre su única patica.

En el camino se encontró un arroyuelo. Sus aguas estaban estancadas por un montón de ramas y hojas secas.

—Medio-Pollito, ¡ayúdame! —pidió el arroyo.

—¿Serías tan amable de quitar estas ramas con tu piquito para que mi paso quede libre otra vez?

Pero Medio-Pollito iba muy apurado y contestó:

—No tengo tiempo que perder en algo tan insignificante como el agua —dijo—. ¡Voy a Madrid a ver al Rey!

Y siguió su camino muy apresurado:

Tipi-tap-tipi-tap-tipi-tap

saltando sobre su única patica.

Más adelante se encontró una lumbre que se asfixiaba por falta de aire.

El fuego dijo sofocado:

—Medio-Pollito, ¡échame un poco de aire con tu alita para poder revivir!

Pero Medio-Pollito contestó:

—No tengo tiempo que perder en algo tan insignificante como el fuego. ¡Voy a Madrid a ver al Rey! Y continuó saltando:

Tipi-tap-tipi-tap-tipi-tap

un poco más rapidito sobre su única patica.

Por fin llegó Medio-Pollito a las afueras de Madrid desde donde podía divisar las grandes puertas del palacio real. Lleno de emoción, apresuró su marcha pasando por entre unos arbustos.

Desde las ramas escuchó la voz del viento que se quejaba:

—Medio-Pollito, estoy atrapado por estas ramas. ¡Ayúdame a salir de aquí!

Pero esta vez Medio-Pollito ni tan siquiera se detuvo al contestar:

—No tengo tiempo que perder en algo tan insignificante como el viento —dijo—. ¡Voy a Madrid a ver al Rey! Y continuó saltando:

Tipi-tap-tipi-tap-tipi-tap

por el camino que conducía al palacio.

En seguida llegó Medio-Pollito al palacio real. Pasó por delante de los guardias, entró por las enormes puertas y atravesó un gran patio. "El Rey quedará encantado de conocerme", pensó Medio-Pollito.

Pero al pasar cerca de la ventana de la cocina, el cocinero del Rey lo vio y lo atrapó.

—¡Justo lo que necesitaba! —exclamó el cocinero—. Un pollito para la sopa del rey. Y lo echó en una olla de agua que se calentaba sobre el fuego. Mientras el agua hervía y borboteaba, Medio-Pollito gritaba:

—¡Agua, mi gran amiga. No subas, no hiervas, que me ahogas!

Pero el agua respondió:

—Tú no me ayudaste cuando yo te lo pedí. Y el agua siguió hirviendo.

El fuego ardía cada vez más fuerte. Medio-Pollito gritó:

—Fuego, mi gran amigo, ¡apiádate de mí! ¡No me quemes!

Pero el fuego contestó:

—Tú no me ayudaste cuando yo te lo pedí. Y el fuego siguió ardiendo.

En ese momento, llegó el Rey y se asomó a la olla. Todo lo que vio fue un medio pollito medio quemado. Metió la mano, agarró a Medio-Pollito por su única patica y lo lanzó por la ventana a la vez que decía:

—¡Este medio pollo no es digno de la comida de un rey!

Pero antes de que Medio-Pollito cayera al piso, el viento lo elevó y lo llevó alto, alto, muy alto, por encima de los árboles y las torres de Madrid. Medio-Pollito gritó:

—¡Ay viento, mi buen amigo el viento! ¡No soples, no me eleves, no me dejes caer! ¡Bájame despacito para no golpearme tan duro!

Pero el viento exclamó:

—Tú no me ayudaste cuando yo te lo pedí.

Y el viento siguió soplando.

Alto, muy alto se llevó el viento al atemorizado Medio-Pollito. Por fin lo hizo descender desde las nubes y lo depositó justo sobre el molino que estaba cerca de la granja, que había sido el humilde hogar de Medio-Pollito.

Y allí se encuentra Medio-Pollito hasta el día de hoy. Ha tenido mucho tiempo para pensar en cómo no ayudó a sus amigos cuando ellos más lo necesitaban. Para demostrar su arrepentimiento, allí está parado sobre la torre del molino, con su única patica y su única alita, vigilando por dónde viene el viento. Y así ayuda a los campesinos y a los viajeros, informándoles sobre el estado del tiempo.

Nota De La Autora

El cuento de "Medio-Pollito" es muy conocido en España y América Latina. Cuando era niña me encantaba escuchar la historia de este pollito voluntarioso y aventurero que, a pesar de sus muchas limitaciones, emprende camino para ver el mundo y conocer al Rey. En su búsqueda, aprende una gran lección de una manera difícil, pero al final termina por convertirse en un pollito útil e importante.

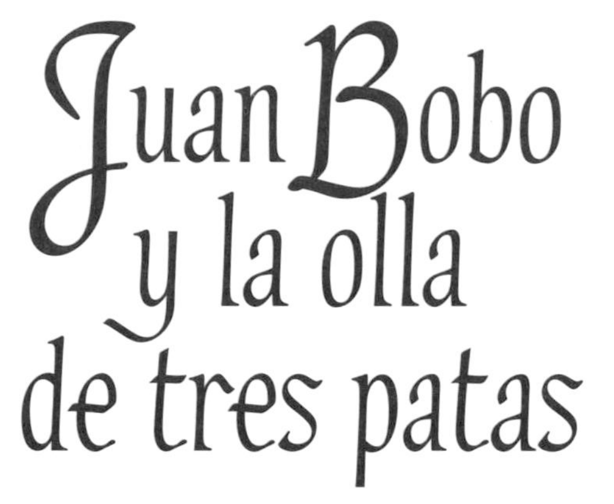

Juan Bobo y la olla de tres patas

Había una vez un muchacho tan tonto e ingenuo que todo el mundo lo conocía por Juan Bobo. Un día, su mamá preparaba un delicioso arroz con pollo cuando se dio cuenta de que la olla no era lo suficientemente grande.

—Juan —dijo—, necesito que subas la loma hasta la casa de tu abuela y le pidas una olla grande para hacer arroz con pollo.

—Pero mamá —protestó Juan—, no me hagas ir con el calor que hace y con lo cansado que estoy.

—No seas tan holgazán, Juan —le dijo su mamá—. Quiero que vayas inmediatamente y no tardes.

Cuando Juan llegó a casa de su abuela le dijo:

—Mamá me mandó a buscar una olla grande para hacer arroz con pollo.

La abuela fue a la cocina y regresó con una gran olla, de esas antiguas, de las que tenían tres patas. Juan la levantó, se la echó al hombro y emprendió el camino de regreso.

Al poco rato ya estaba cansado, pues aquella olla pesaba demasiado. La depositó en el suelo y se puso a contemplarla. Fue entonces cuando se dio cuenta de que la olla tenía tres patas.

—Fíjate —le dijo a la olla—. Tú tienes tres patas y yo sólo tengo dos pies. Tú debes andar más rápido que yo. Entonces, ¿por qué he de cargarte yo a ti?

Puso la olla a un lado del camino y él se paró al otro lado.

—Ahora —dijo—, echemos una carrera hasta la casa. ¡A la una, a las dos y a las tres!

Juan bajó la loma corriendo a toda velocidad y en seguida llegó a su casa.

Cuando su mamá lo vio llegar corriendo con las manos vacías, le preguntó:

—¿Qué te sucedió, Juan? ¿Dónde está la olla?

—Pero, ¿no está aquí? ¿No ha llegado? —dijo Juan.

—¿Quién? —preguntó su mamá.

—¿Pues, quién va a ser? La olla de hierro, por supuesto —replicó Juan—. Echamos una carrera bajando la loma. Y con su pata de más debió haber llegado hace rato.

—¡Ay, Juan! — se quejó su mamá—. Regresa y busca esa olla antes de que alguien la encuentre y se la lleve.

El pobre Juan tuvo que volver a subir por el camino. Allí, en el mismo sitio donde la había dejado, estaba la olla descansando sobre sus tres patas.

—¡Con que aquí estás, olla haragana! —gritó Juan—. ¿Vienes o no vienes conmigo?

Y le pegó una patada a la olla:

¡CATAPUM!

La olla se volteó y salió rodando cuesta abajo:

¡Ping! ¡Pang! ¡Pung!

retumbando y resonando mientras rodaba por el camino.

—¡Espérame! ¡Espérame! —le gritaba Juan—. ¡Todavía no he contado hasta tres!

Pero la vieja olla siguió rodando sin parar hasta que llegó a casa de Juan, mucho antes que él.

Aquel día Juan llegó a su casa cansadísimo de tanto correr. Así que se pueden imaginar lo contento que se puso al ver que, después de todo, ¡la olla sí le había obedecido!

Nota De La Autora

"Juan Bobo y la olla de tres patas" es parte de un gran ciclo de cuentos sobre el personaje de Juan Bobo, muchos de los cuales se conocen en la mayoría de los países de habla hispana. Estos cuentos relatan las, a veces ridículas, aventuras de un menso que no siempre resulta ser tan tonto. Su aparente simplicidad lo muestra como un incauto listo, o tal vez como un gran afortunado con la suerte a su favor. A veces se hace difícil distinguir a Juan Bobo de otros personajes como Pedro Malasartes o Pedro Urdemales, personajes populares en Venezuela y Colombia. Juan Bobo es uno de los personajes más populares de la tradición oral puertorriqueña. Representa el humor, la inocencia y la sabiduría del hombre de campo.

Ingredientes
2½ libras de pollo en pedazos sin piel
2 limas
Adobo
1 onza de tocino, cortado en dados
2 onza de jamón curado, cortado en dados
2 cucharadas de aceite de oliva
4 dientes de ajo, machacados
1 cebolla grande, picada
2 pimientos verdes, picados
1 tomate, picado
aceitunas rellenas de pimiento
alcaparras
3 tazas de arroz de grano largo
3½ tazas de agua
1½ cubitos de caldo de pollo
¼ taza de tomate concentrado
2 sobrecitos de sazón
½ taza de cilantro fresco, picado
Sal y pimienta
Rocíe el pollo con el jugo de lima y espolvoréelo con el Adobo. Déjelo por la noche en el refrigerador. En una olla, dore el tocino y el jamón. Agregue el ajo y el pollo. Reduzca el fuego. Dore el pollo 5 a 10 minutos. Sáquelo y agregue la cebolla, los pimientos y el tomate. Cocínelos hasta que estén blandos. Agregue el pollo, las aceitunas y las alcaparras a gusto. Ponga el arroz, el agua, los cubitos de caldo, el tomate concentrado, la sazón, el cilantro y sal y pimenta a gusto. Tape la olla y déjelo cocinar a fuego alto. Cuando empiece a hervir, baje el fuego y cocine 20 minutos. Remueva el arroz con una cuchara de madera. Manténgalo tapado durante 10 a 15 minutos más.
Sírvalo con una ensalada verde - L.D.
¡Disfrute!

La Cucarachita Martina

Había una vez una cucarachita muy linda y limpiecita que se llamaba Martina. Un día, mientras limpiaba el portal de su casita, encontró una moneda de oro. Como nunca en su vida había tenido tanto dinero, se puso a pensar:

"¿Qué me compraré con esta moneda? ¿Me compraré caramelos? ¡Ay, no, no, que me dirán golosa!"

Y siguió pensando:

"¿Me compraré prendas? ¡Ay, no, no, que me dirán vanidosa!"

Entonces pensó y pensó. De pronto exclamó:

—Ya sé, me compraré una caja de talco perfumado.

La Cucarachita Martina fue a la tienda con su moneda de oro y compró una hermosa caja de talco perfumado.

Esa tarde la cucarachita se entalcó todita. ¡Ummm! ¡Qué bien olía! Se puso su vestido de por las tardes y se sentó en el portal de su casita.

Al poco rato pasó por allí el Señor Gato y le dijo:

—¡Cucarachita Martina, qué linda estás! ¿Te quieres casar conmigo?

La cucarachita se retocó el pelito.

—Tal vez, si me dice cómo hace de noche.

—¡*Miau... Miau... Miau...*! —maulló el Señor Gato con su amorosa voz.

—¡Ay, no, no! —dijo Martina—, ¡que me asustaría! No me quiero casar con usted.

El pobre Señor Gato siguió su camino muy triste.

Al poco rato pasó por allí el Señor Gallo.

—¡Cucarachita Martina, qué linda estás! ¿Te quieres casar conmigo?

La cucarachita se retocó el pelito.

—Tal vez, si me dice cómo hace de noche.

El Señor Gallo se estiró y cantó muy orgulloso, ¡*Qui-qui-ri-quí*!

—¡Ay, no, no! —dijo Martina—, ¡que me asustaría! No me quiero casar con usted.

Y muy triste el Señor Gallo continuó su camino.

Entonces, pasó por allí el Señor Sapo y dijo:

—¡Cucarachita Martina, qué linda estás! ¿Te quieres casar conmigo?

La cucarachita se retocó el pelito.

—Tal vez —contestó Martina—. Si me dice cómo hace de noche.

El señor Sapo se llenó los pulmones de aire y dejó salir su mejor voz:

—*Croa... croa... croa...*

—¡Ay, no, no! —dijo Martina—, ¡que me asustaría! Nunca me casaría con usted.

Y el Señor Sapo se alejó saltando, sintiéndose muy triste.

Ya era tarde y la Cucarachita Martina se disponía a entrar en su casita, cuando pasó por allí el Ratoncito Pérez. Era un ratoncito muy tímido y muy bien educado. Al ver a la cucarachita, el Ratoncito Pérez se detuvo, la saludó con una gran reverencia y le dijo con su dulce voz:

—¡Cucarachita Martina, qué lindas estás! ¿Te quieres casar conmigo?

La cucarachita se retocó el pelito.

—Tal vez —dijo—, si me dice cómo hace de noche.

Y el Ratoncito Pérez suspiró: —*Chuii... chuii... chuii...*

La voz del ratoncito sonó como música al oído de la cucharachita. Le gustó tanto que aceptó ser su esposa y se casaron al día siguiente.

Un día, al poco tiempo de estar casados, la Cucarachita Martina tuvo que salir a comprar especias para la sopa de cebolla que estaba preparando. Antes de salir le dijo a su esposo:

—Ratoncito Pérez, cuida bien la sopa, pero no te la tomes hasta que yo regrese.

Al ratoncito le encantaba la sopa de cebolla. Tan pronto la cucarachita se fue, el ratoncito corrió a la cocina, se encaramó en el borde de la olla y trató de agarrar una cebolla dorada que flotaba en el caldo. Pero, ¡ay!, se le resbaló una patica y ¡PLAF! ¡se cayó en la olla!

Cuando la cucarachita regresó, buscó a su ratoncito por toda la casa. Al verlo flotando en la sopa con el rabito partido y el pelito quemado, la cucarachita se puso a llorar con el corazón destrozado. Aquella noche, la cucarachita se sentó a la puerta de su casa, mientras lloraba y cantaba:

El Ratoncito Pérez
cayó en la olla
por la golosina de una cebolla
y la cucarachita suspira y llora.

El canto de la cucarachita era tan bello y tan triste que pronto llegó a oídos del Rey la noticia del terrible accidente del ratoncito. Inmediatamente, el Rey envió a los mejores doctores y en poco tiempo curaron a Ratoncito Pérez y lo dejaron como nuevo.

Nota De La Autora

El cuento de "La Cucarachita Martina" es parte del folklore infantil de España y de casi todos los países de América Latina. Su popularidad se podría comparar a la de cuentos como "Los tres osos" o "Caperucita roja". Este cuento llegó a América procedente de España, donde se conocen otros cuentos sobre el aventurero Ratoncito Pérez y la Cucarachita Martina.

La historia más conocida entre los niños de América es la del matrimonio de la Cucarachita Martina con Ratoncito Pérez y como éste se cae en la olla por la golosina de una cebolla.

Ésta es la versión que me contaron a mí cuando era niña en Cuba.

El chivo en la huerta de hortalizas

Había una vez una viejita y un viejito que vivían en una granja. Allí tenían una huerta en la que sembraban tomates, lechugas, pimientos, papas, frijoles y plátanos. Se pasaban horas trabajando en la huerta y planeando todos los deliciosos platos que iban a preparar con las verduras.

Un día, un chivo se metió en la huerta y comenzó a comerse todas las verduras.

—¡Ay, mira! —exclamó la viejita—. Ese chivo se va a comer toda nuestra huerta. ¿Qué podemos hacer?

—No te preocupes —dijo el viejito—. Yo lograré que se marche hablándole muy, pero que muy cortesmente.

Entonces, fue a donde estaba el chivo y le dio unas suaves palmaditas en el lomo:

—Buenos días, Señor Chivo —le dijo—. Por favor, no se coma usted nuestras verduras. Usted es joven y fuerte y nosotros somos viejitos y débiles. Seguro que usted puede encontrar comida en otro lugar. Por favor, váyase.

Pero antes de que el viejito terminara de hablar, aquel chivo mal educado levantó las patas en el aire y bajó la cabeza. Entonces se volteó y apuntó con los cuernos para embestir al viejito.

—¡Ay, mujer! ¡Mujer! —gritaba el viejito, mientras subía la loma a todo correr. ¡Ábreme la puerta, por favor! ¡El chivo viene detrás de mí!

El viejito entró corriendo a casa, cerró la puerta y se puso a llorar.

—No llores —le dijo su esposa—. Quizás todo lo que necesita ese chivo es que le hablen con tacto y buenos modales. Ya verás como yo voy y hago que se vaya.

Entonces la viejita salió y bajó al huerto a conversar con el chivo.

Silenciosamente se acercó a donde comía el chivito. Inclinándose, le susurró:

—Buenos días, Señor Chivo. Espero que esté pasando usted, mi buen señor, una espléndida mañana. Disculpe que lo moleste, pero piense usted en el trabajo que ha pasado algún pobre campesino arando la tierra, sembrando las semillas y limpiando los surcos para cultivar esos deliciosos alimentos que usted se está comiendo. Ahora yo he venido a pedirle...

Y hasta ahí llegó, pues el chivo, cansado de tanta conversación, se le enfrentó. Levantó las patas en el aire, bajó la cabeza y salió disparado a embestirla con los cuernos.

La viejita salió corriendo. Y mientras corría gritaba:

—¡Ay, viejo! ¡Ábreme la puerta, por favor! ¡Que ahí viene el chivo detrás de mí! Y también ella entró corriendo a la casa.

Al verse fuera de peligro, ambos comenzaron a llorar. Habían intentado convencerle con buenos modales y con tacto, pero aquel chivo malvado se había aprovechado de ellos. De repente, el viejito sintió una cosquillita en la oreja. Sacudió la cabeza para quitarse lo que le hacía cosquillas, y en ese momento cayó al suelo una hormiga brava.

—He venido a ayudarlos —dijo la hormiguita brava—. Yo puedo hacer que el Señor Chivo se vaya de su huerta.

—¿Tú? —preguntó la viejita—. ¿Qué puedes hacer tú siendo tan pequeñita? ¿Cómo vas a poder ayudarnos?

—Ya verán —dijo la hormiguita—. Ustedes han sido muy buenos con ese bravucón. Yo le hablaré de la única forma que él entiende.

Y diciendo esto, salió la hormiguita ligerito hasta donde se encontraba el chivo. El chivito ni siquiera sintió cuando la hormiguita se le subió por la pata trasera y atravesó el lomo hasta llegar justo detrás de la oreja. ¡Y entonces, lo picó!

—¡Ay! —se quejó el chivo.

La hormiguita pasó a la otra oreja y lo picó.

—¡Ay! —se volvió a quejar el chivo.

Entonces la hormiguita empezó a subir y bajar por el lomo del chivo, ¡picándolo por todas partes a cada paso que daba!

—¡Ay! ¡Ay! ¡Ay! ¡Ay! ¡Ay! —gritaba el chivo—. ¡He pisado un hormiguero! ¡Si no salgo corriendo de esta huerta, la hormigas me comerán vivo!

El chivo pegó un salto en el aire y salió de la huerta a todo correr.

El viejito y la viejita le dieron las gracias a aquella brava y lista hormiguita por haberles salvado su huerta, y desde entonces estuvieron pendientes de que nunca le faltara comida a la hormiguita. Aquel otoño, pasaron muchas horas cosechando sus hermosas hortalizas y conversando sobre los deliciosos platos que iban a preparar.

Y ¿qué fue de aquel chivito? Bueno, según se cuenta, nunca jamás volvió a acercarse por aquella huerta.

Nota De La Autora

Existen muchas variantes de este cuento en el que un chivo terco y bravucón insiste en comerse las hortalizas de un huerto o pisotear un sembrado. A veces se cuenta como cuento acumulativo en que un número de animales trata, sin éxito, de espantar al chivo. Casi siempre la vencedora resulta ser una insignificante hormiguita o una abejita.

Esta variante puertorriqueña del cuento está basada en la versión relatada por Pura Belpré en *The Tiger and the Rabbit and Other Tales*. Los niños se ríen de la inocencia de los ancianos que emplean los mejores modales para convencer al chivo de que se vaya de la huerta.

Cómo fue que Tío Conejo engañó a Tío Tigre

Hace mucho tiempo, Tío Conejo y Tío Tigre eran grandes amigos. Tío Conejo era muy listo y astuto. Se la pasaba siempre engañando y gastando bromas a sus amigos. Especialmente a su curioso y entrometido amigo Tío Tigre.

Un día, estaba Tío Conejo descansando a la sombra de un árbol guamo, comiéndose el fruto de una vaina de guama que había encontrado abierta, y que estaba tan dulce y esponjosa que parecía algodón de azúcar, cuando pasó por allí Tío Tigre.

—¿Qué comes Tío Conejo?—preguntó Tío Tigre, sentándose sonriente y moviendo su larga cola de un lado para otro.

Al observar la larga y gruesa cola de Tío Tigre, a Tío Conejo se le ocurrió una idea.

—¡Ay, Tío Tigre! —dijo—. ¿No ve usted que me estoy comiendo mi colita?

—¿Y eso se come? —pregunto Tío Tigre.

Tío Conejo casi no podía aguantar la risa cuando le dio a probar a Tío Tigre un trocito de la dulce y algodonosa fruta.

—¡Ummm, me encanta! —dijo Tío Tigre, relamiéndose los bigotes—. ¿Me puedes dar otro pedacito?

Tío Conejo tuvo que hacer un gran esfuerzo para no soltar la carcajada.

—Con mucho gusto le daría más, Tío Tigre, pero mi colita es tan chiquitica...

Mientras tanto, Tío Conejo no podía apartar los ojos de la larga cola con manchas de Tío Tigre, el cual la meneaba de un lado para otro mientras olfateaba buscando más fruta.

—¡Ay, Tío Tigre! —dijo el conejo—. ¡Esa cola suya si que ha de estar sabrosa! ¡Mírela, tan larga y tan gruesa!

—¿Usted realmente cree que mi cola sepa tan rica como la suya? —preguntó el tigre.

—¡Pues claro! mientras más larga es la cola, más sabrosa sabe. Pero primero hay que abrirla —dijo Tío Conejo.

—¿Me ayudarás a hacerlo? —preguntó Tío Tigre.

—¡Pues claro que sí! —respondió Tío Conejo—. Dése la vuelta.

Tío Conejo agarró bien la cola de Tío Tigre y se la haló, se la torció y se la enredó hasta hacer un gran nudo en la cola de su amigo.

Tío Tigre sentía la cola muy rara, pero no sabía por qué.

Entonces Tío Conejo empezó a reírse, "Ji ji ji ji ji." No podía dejar de reírse mientras le decía:

—¡Ay Tío Tigre, usted sí que se ve ridículo con ese gran nudo en la cola.

Cuando Tío Tigre se dio cuenta de que su amigo se había burlado de él, se puso furioso. Gruñía, rezongaba y rugía persiguiendo al conejo para darle una buena paliza. Pero Tío Conejo, que era muy rápido, ya había desaparecido entre los arbustos.

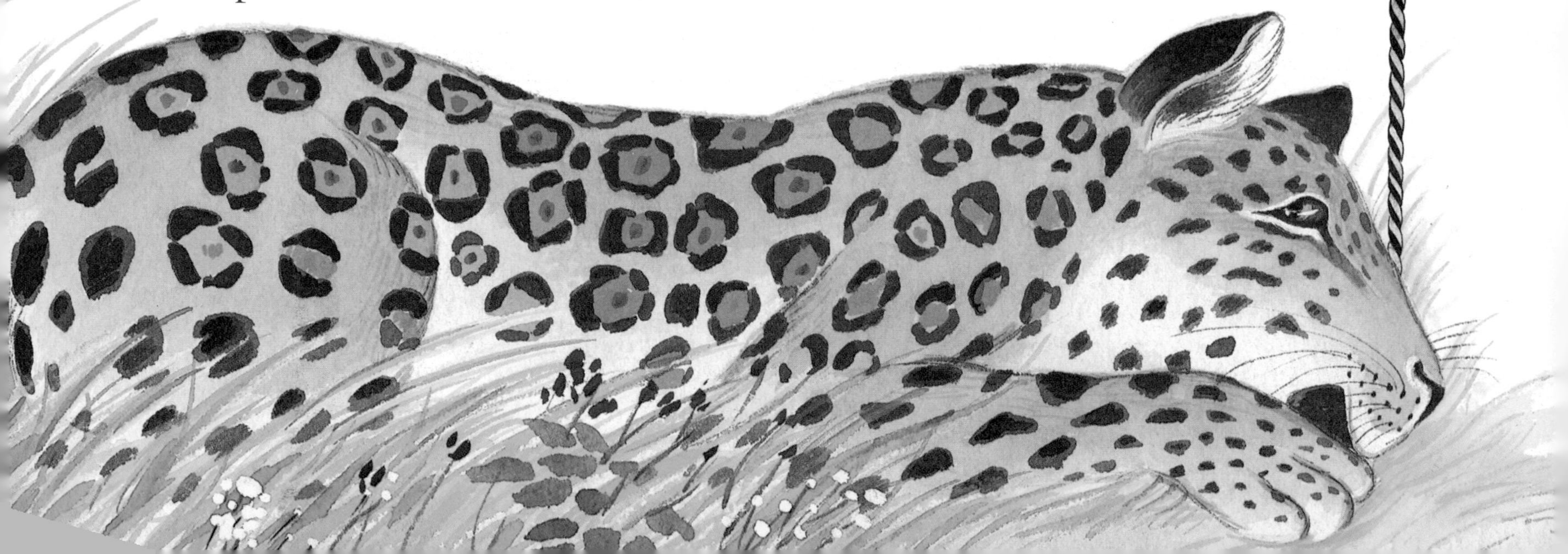

Pobre Tío Tigre, se pasó la noche entera tratando de desenredar el gran nudo que tenía en la cola. Si llegaba a atrapar al conejo, lo iba a hacer arrepentirse por haberle gastado semejante broma.

Al otro día, Tío Tigre decidió esperar a Tío Conejo cerca de la charca. Tarde o temprano tendría que venir el conejo a beber agua, y entonces lo atraparía.

Pero Tío Conejo vio a Tío Tigre escondido detrás de los matorrales.

Tres días esperó Tío Tigre allí escondido, y tres días pasó Tío Conejo sin tomar una gota de agua.

Tío Conejo ya no aguantaba más. Tenía tanta sed que decidió finalmente ir a visitar a sus amigas las abejas y pedirles un poco de miel.

Tomó la miel y se untó un poco por todo el cuerpo. Después se revolcó en la tierra debajo de un árbol. Todas las hojas caídas se le pegaron al pelo que estaba pegajoso por la miel. Entonces, todo cubierto de hojas, se acercó a la charca y comenzó a beber el agua rica y refrescante.

Tío Tigre nunca había visto un animal tan raro, todo cubierto de hojas, acercarse a la charca. Se asombró de ver la sed que tenía aquel animalito.

—Hojarasquito del monte —preguntó Tio Tigre—. ¿Desde cuándo no tomas agua?

Tío Conejo siguió tomando agua sin levantar la vista.

Lapi-lapi-lapi-lapi.

"Ummm —pensó Tío Tigre, acercándose un poco más—. Este animalito es sordo o no quiere contestar."

—Hojarasquito del monte —gruñó Tío Tigre—. ¿Me oyes? ¿Desde cuándo no tomas agua?

Tío Conejo continuó bebiendo.

Lapi-lapi-lapi-lapi.

Ya Tío Tigre se estaba enfureciendo. No podía creer lo mal educado que era aquel animalito. Se le acercó por la espalda y le dijo:

—¡Óyeme bien, hojarasquito del monte! ¡Por última vez! ¿Desde cuándo no tomas agua?

Lapi-lapi-lapi-lapi.

Tío Conejo terminó de beber, se secó los bigotes y contestó:

—Desde el día que le hice aquel nudo en la cola, Tío Tigre.

Entonces se sacudió todas las hojas del cuerpo y, saltando rápidamente, desapareció en el espeso y oscuro monte.

Desde entonces, Tío Tigre siempre persigue a Tío Conejo. Pero nunca, lo ha podido atrapar.

Nota De La Autora

Tío Conejo es un personaje muy listo y astuto al que le encanta burlarse de sus poderosos rivales, Tío Tigre o Tía Zorra, y siempre logra salirse con la suya. Su poder no radica en su tamaño, sino en su ingenio. Hace reír a los niños y los deleita con sus ingeniosas travesuras.

Los relatos de pícaros están entre los favoritos de los niños de América Latina. Los cuentos de Tío Conejo se popularizaron mayormente en regiones donde había grandes poblaciones de esclavos africanos. Anansi, de la tradición africana, y Brer Rabbit de Estados Unidos, son sus parientes más cercanos.

Este relato, en el que Tío Conejo engaña a Tío Tigre cubriéndose de miel y convirtiéndose en un raro animal cubierto de hojas, es una de las más conocidas travesuras de Tío Conejo. Esta es la versión que se cuenta en Venezuela.

El romance de Don Gato

Estaba el Señor Don Gato
en silla de oro sentado,
calzando medias de seda
y zapatitos dorados.

Nuevas le fueron venidas
que había de ser casado
con una gata morisca
de ojos anaranjados.

Mandó a preparar la boda
con torta, turrón y vinos,
entremeses a la moda
y dulces de los más finos.

Después de la ceremonia
salió Don Gato al tejado;
maullaba de la alegría
bajo el cielo estrellado.

Don Gato con la alegría
tropezó sobre el tejado,
rodó por la marquesina,
cayó sobre el empedrado.

Se ha roto siete costillas,
y la puntita del rabo.
Ya llaman a los doctores,
sangrador y cirujano.

Unos le toman el pulso,
otros le miran el rabo.
Todos dicen a una voz:
¡Don Gato no se ha salvado!

A la mañana siguiente
ya van todos a enterrarlo.
Los ratones, de contentos
se visten de colorado.

Las gatas se ponen luto;
los gatos, capotes pardos,
y los gatitos pequeños
lloraban desconsolados.

Lento marchaba el cortejo
triste y apesadumbrado;
llevábanlo a enterrar
por la calle del pescado.

Al olor de la sardina
¡Don Gato ha resucitado!
Los ratones corren, corren…
Detrás de ellos corre el gato.

Nota De La Autora

"El romance de Don Gato" es un antiguo cuento español. A veces se canta, otras se recita. Aunque no se conoce como juego, cuando la última estrofa termina con "los ratones corren, corren... detrás de ellos corre el gato", los niños salen corriendo persiguiéndose unos a otros.

Se conocen variantes de este cuento en Argentina, Chile, Colombia, Venezuela, Ecuador, México, Puerto Rico, Cuba y Estados Unidos.

Nota de la artista

Cuando empecé a pintar las ilustraciones de "El romance de Don Gato", me surgió la idea de realizarlas con una paleta de colores frescos y vivos. Los cuentos de esta colección me hicieron evocar memorias ya casi olvidadas de mi infancia en Puerto Rico, que estaban dominadas por la luz y el color. Los recuerdos de aquellos días luminosos en el campo de mi soleada isla se convirtieron en el escenario de "El chivo en la huerta de hortalizas". Los atardeceres bañados en la luz de color de lavándula de la puesta de sol caribeña se convirtieron en el fondo de "La Cucarachita Martina". Y el vivo color rosáceo que cubre las fachadas de muchas de las casas de la isla se convirtó en el interior de la casa de Juan Bobo. Mientras dibujaba a la mamá de Juan Bobo preparando arroz con pollo, recordé el sabor de ese delicioso plato que te hace la boca agua, lo que me inspiró a añadir mi propia receta en la última ilustración del cuento. A medida que trabajaba, el alegre texto se unía a los colores de mis recuerdos.

El título, al igual que muchos de los cuentos, viene de España, por eso decidí enmarcar las ilustraciones de sabor latinoamericano con las grecas de hierro forjado. Este elemento decorativo no sólo se ve en la arquitectura de España, sino también en toda Latinoamérica. De esta forma, intenté que de una forma sutil, el lector se acercara a los orígenes de estas fábulas.

"El romance de Don Gato" fue quizás la fábula que más disfrute ilustrando. Mientras retrataba al hermoso gato y a su novia, no dejé de cantar la alegre canción que aprendí durante mi niñez. Decidí ambientar el poema en el siglo diecisiete, para poder vestir a los gatos con los ropajes que retrataba el pintor Diego Velázquez, por quien siento gran admiración. Y aunque en el cuento se refiere a la novia como a una gata morisca, en mi ilustración decidí ponerle un vestido amarillo en lugar de pantalones, por dos razones: una, porque el poema dice que llevaba un vestido y otra, porque no pude resistir el pensar en ella como en una gata persa luciendo una de las vestiduras de los cuadros de Velázquez.